Melete

Karoline von Günderode

copyright © 2023 Culturea éditions
Herausgeber: Culturea (34, Hérault)
Druck: BOD - In de Tarpen 42, Norderstedt (Deutschland)
Website: http://culturea.fr
Kontakt: infos@culturea.fr
ISBN:9791041949618
Veröffentlichungsdatum: FEBRUAR 2023
Layout und Design: https://reedsy.com/
Dieses Buch wurde mit der Schriftart Bauer Bodoni gesetzt.

ER WIRT MIR GEBEN

An Melete

Schüze, o sinnende Muse! mir gnädig die ärmlichen Blätter!

Fülle des Lorbeers bringt reichlich der lauere Süd,

Aber den Norden umziehn die Stürme und eisichte Regen;

Sparsamer sprießen empor Blüthen aus dürftiger Aue.

Zueignung

Ich habe Dir in ernsten stillen Stunden,

Betrachtungsvoll in heil'ger Einsamkeit,

Die Blumen dieser und vergangner Zeit,

Die mir erblüht, zu einem Kranz gewunden.

Von Dir, ich weiß es, wird der Sinn empfunden,

Der in des Blüthenkelchs Verschwiegenheit

Nur sichtbar wird dem Auge, das geweiht

Im Farbenspiel den stillen Geist gefunden.

Es flechten Mädchen so im Orient

Den bunten Kranz; daß vielen er gefalle,

Wetteifern unter sich die Blumen alle.

Doch Einer ihren tiefern Sinn erkennt,

Ihm sind Symbole sie nur, äußre Zeichen;

Sie reden ihm, obgleich sie alle schweigen.

Adonis Tod

1.

Die Göttin sinkt in namenlosem Leide,

Den Jäger traf des Thieres wilde Wuth;

Die Rose trinkend von des Jünglings Blut,

Glänzt ferner nicht im weißen Liljenkleide.

Das Abendroth der kurzen Liebesfreude

Blickt traurig aus der Blume dunklen Gluth;

Adonis todt im Arm der Göttin ruht;

Das Schönste wird des kargen Hades Beute.

Verhaßt ist ihr des langen Lebens Dauer,

Das Götterlos wird ihrer Seele Trauer,

Die sehnsuchtskrank den süßen Gatten sucht.

Und still erblühet heißer Thränen Frucht;

Den stummen Schmerz verkünden Anemonen,

Den ew'gen Wunsch im Schattenreich zu wohnen.

2.

Den Liljenleib des Purpurs dunkler Schleier

Dem irren Blick der Göttin halb entzieht;

Der Trauer Bild, die Anemone, blüht

So weiß als roth zur stillen Todtenfeyer.

Erloschen ist in Ihm des Lebens Feuer,

Sein todtes Aug' die Blume nimmer sieht. –

Doch plötzlich schmilzt der Göttin Leid im Lied,

Die Klage tönt, die Seele fühlt sich freier.

Ein Kranker, der des Liedes Sinn empfunden,

Durch Ihrer Töne Zauber soll gefunden. –

Der Andacht gerne Liebe sich vertraut.

Und glaubig einen Tempel er sich baut,

Auf daß er pflege in dem Heiligthume

Der Sehnsucht Kind die süße Wunderblume.

3. Adonis Todtenfeyer

Wehe! daß der Gott auf Erden

Sterblich mußt gebohren werden!

Alles Dasein, alles Leben

Ist mit ihm dem Tod gegeben.

Alles wandelt und vergehet,

Morgen sinkt was heute stehet;

Was jetzt schön und herrlich steiget,

Bald sich hin zum Staube neiget;

Dauer ist nicht zu erwerben,

Wandeln ist unsterblich Sterben.

Wehe! daß der Gott auf Erden

Sterblich mußt gebohren werden!

Alle sind dem Tod verfallen,

Sterben ist das Loos von allen.

Viele doch sind die nicht wissen,

Wie der Gott hat sterben müssen;

Blinde sind es, die nicht sehen,

Nicht den tiefen Schmerz verstehen,

Nicht der Göttin Klag und Sehnen,

Ihre ungezählten Thränen,

Daß der süße Leib des Schönen

Muß dem kargen Tode fröhnen.

Laßt die Klage uns erneuern!

Rufet zu geheimen Feyern,

Die Adonis heilig nennen,

Seine Gottheit anerkennen,

Die die Weihen sich erworben,

Denen auch der Gott gestorben.

Brecht die dunkle Anemone,

Sie, die ihre Blätterkrone

Sinnend still herunter beuget,

Leise sich zur Tiefe neiget,

Forschend ob der Gott auf Erden

Wieder soll gebohren werden!

Brechet Rosen; jede Blume

Sei verehrt im Heiligthume,

Forscht in ihren Kindermienen,

Denn es schläft der Gott in ihnen;

Uns ist er durch sie erstanden

Aus des dumpfen Grabes Banden.

Wie sie leis hervor sich drängen,

Und des Hügels Decke sprengen,

Ringet aus des Grabes Engen

Sich empor verschloßnes Leben;

Tod den Raub muß wiedergeben,

Leben wiederkehrt zum Leben.

Also ist der Gott erstanden

Aus des dumpfen Grabes Banden.

Gebet an den Schutzheiligen

Den Königen aus Morgenlanden

Ging einst ein hell Gestirn voran,

Und führte treu sie ferne Pfade

Bis sie das Haus des Heilands sahn.

So leuchte über meinem Leben,

Laß glaubensvoll nach dir mich schaun,

In Qualen, Tod und in Gefahren

Laß mich auf deine Liebe traun.

Mein Auge hab' ich abgewendet

Von allem was die Erde giebt,

Und über Alles was sie bietet

Hab' ich dich, Trost und Heil, geliebt.

Dir leb' ich, und dir werd' ich sterben,

Drum lasse meine Seele nicht,

Und sende in des Lebens Dunkel

Mir deiner Liebe tröstlich Licht.

O, leuchte über meinem Leben!

Ein Morgenstern der Heimath mir,

Und führe mich den Weg zum Frieden,

Denn Gottes Friede ist in dir.

Laß nichts die tiefe Andacht stören,

Das fromme Lieben, das dich meint,

Das, ob auch Zeit und Welt uns trennen,

Mich ewig doch mit dir vereint.

Da du erbarmend mich erkohren,

Verlasse meine Seele nicht,

O Trost und Freude! Quell des Heiles!

Laß mich nicht einsam, liebes Licht!

Die Malabarischen Witwen

Zum Flammentode gehn an Indusstranden

Mit dem Gemahl, in Jugendherrlichkeit,

Die Frauen, ohne Zagen, ohne Leid,

Geschmücket festlich, wie in Brautgewanden.

Die Sitte hat der Liebe Sinn verstanden,

Sie von der Trennung harter Schmach befreit

Zu ihrem Priester selbst den Tod geweiht,

Unsterblichkeit gegeben ihren Banden.

Nicht Trennung ferner solchem Bunde droht,

Denn die vorhin entzweiten Liebesflammen

In einer schlagen brünstig sie zusammen.

Zur süßen Liebesfeyer wird der Tod,

Vereinet die getrennten Elemente,

Zum Lebensgipfel wird des Daseins Ende.

Die Einzige

Wie ist ganz mein Sinn befangen,

Einer, Einer anzuhangen;

Diese Eine zu umpfangen

Treibt mich einzig nur Verlangen;

Freude kann mir nur gewähren,

Heimlich diesen Wunsch zu nähren,

Mich in Träumen zu bethören,

Mich in Sehnen zu verzehren,

Was mich tödtet zu gebähren.

Widerstand will mir nicht frommen,

Fliehen muß ich neu zu kommen,

Zürnen nur, mich zu versöhnen,

Kann mich Ihrer nicht entwöhnen,

Muß im lauten Jubel stöhnen;

In den Becher fallen Thränen,

Ich versink in träumrisch Wähnen;

Höre nicht der Töne Reigen,

Wie sie auf und nieder steigen,

Wogend schwellen Well' in Welle;

Sehe nicht der Farben Helle

Strömen aus des Lichtes Quelle.

Mich begrüßen Frühlingslüfte,

Küssen leise Blumendüfte,

Doch das all ist mir verlohren,

Ist für mich wie nicht gebohren,

Denn mein Geist ist eng umpfangen

Von dem einzigen Verlangen

Eine, Eine zu erlangen.

Hungrig in der Zahl der Gäste

Siz ich bei dem Freudenfeste,

Das Natur der Erde spendet;

Frage heimlich ob's bald endet?

Ob ich aus der Gäste Reigen

Dürf' dem eklen Mahl entweichen,

Das verschwendrisch Andre nähret:

Mir nicht einen Wunsch gewähret?

Eines nur mein Sinn begehret,

Eine Sehnsucht mich verzehret;

Eng ist meine Welt befangen,

Nur vom einzigen Verlangen

Was ich liebe zu erlangen.

Die eine Klage

Wer die tiefste aller Wunden

Hat in Geist und Sinn empfunden

Bittrer Trennung Schmerz;

Wer geliebt was er verlohren,

Lassen muß was er erkohren,

Das geliebte Herz,

Der versteht in Lust die Thränen

Und der Liebe ewig Sehnen

Eins in Zwei zu sein,

Eins im Andern sich zu finden,

Daß der Zweiheit Gränzen schwinden

Und des Daseins Pein.

Wer so ganz in Herz und Sinnen

Konnt' ein Wesen liebgewinnen

O! den tröstet's nicht

Daß für Freuden, die verlohren,

Neue werden neu gebohren:

Jene sind's doch nicht.

Das geliebte, süße Leben,

Dieses Nehmen und dies Geben,

Wort und Sinn und Blick,

Dieses Suchen und dies Finden,

Dieses Denken und Empfinden

Giebt kein Gott zurück.

Ägypten

Blau ist meines Himmels Bogen,

Ist von Regen nie umzogen,

Ist von Wolken nicht umspielt,

Nie vom Abendthau gekühlt.

Meine Bäche fließen träge

Oft verschlungen auf dem Wege,

Von der durst'gen Steppen Sand,

Bei des langen Mittags Brand.

Meine Sonn' ein gierig Feuer,

Nie gedämpft durch Nebelschleier,

Dringt durch Mark mir und Gebein

In das tiefste Leben ein.

Schwer entschlummert sind die Kräfte,

Aufgezehrt die Lebenssäfte;

Eingelullt in Fiebertraum

Fühl' ich noch mein Dasein kaum.

Der Nil

Aber ich stürze von Bergen hernieder,

Wo mich der Regen des Himmels gekühlt,

Tränke erbarmend die lechzenden Brüder

Daß sich ihr brennendes Bette erfüllt.

Jauchzend begrüßen mich alle die Quellen;

Kühlend umfange ich, Erde, auch dich;

Leben erschwellt mir die Tropfen, die Wellen,

Leben dir spendend umarme ich dich.

Theueres Land du! Gebährerin Erde!

Nimm nun den Sohn auch den liebenden auf,

Du, die in Klüften gebahr mich und nährte,

Nimm jetzt, o Mutter! den Sehnenden auf.

Eine persische Erzählung

Rasend am Altar des Feuers

Ormuzd Priester war geworden;

Aber als der Morgen helle

Gülden aus dem Osten blickte,

Kehrte Ruh in seine Seele.

Laut rief er dem Opferknaben:

»Siehe wie der Morgen pranget.

Licht hat endlich obgesieget,

Siegend werden nie zur Erde

Wieder sich die Schatten senken.«

Trost erfüllet sprachs der Alte,

Kniete nieder am Altare,

Betend auf zum Gott de Lichtes

Preißend ihn, des frohen Sieges,

Angethan in hellen Kleidern

Zwölf der Stunden täglich feiern.

Aber als die Zwölf im Weste

Trübe sich begunt zu färben,

Leis verglomm im Abendstrahle,

Ormuzd Priester ward da stille,

Sorgend blickt er auf zum Himmel

Forschend was die Zeit gewähre. –

Dunkel kam heran geschritten,

Zagend streift es, blaß und ängstlich,

Muthig ward's dann, dehnt sich mächtig,

Wuchs und deckt mit Riesengliedern

Siegreich bald die niedren Thäler,

Reiht sich um den Stern des Tages,

Drängt ihn hastig hin zum Weste. –

Ormuzd Priester rief der Sonne,

Tapfer sich im Kampf zu zeigen,

Heftig rief er, Wahnsinn betend.

Aber das Gestirn des Lichtes

Bettet sich im Weste stille.

Rasend, zitternd, sah's der Alte

Raffte sich empor vom Boden

Eilte nach dem nahen Meere. –

Glänzend aus der Fluthen Spiegel

Luna kam heraufgeschritten;

Feucht ihr Haar, vom Meer noch träuflend,

Thaubeglänzet ihre Wange,

Blickte sie zur Erde nieder.

Da ergrimmte Ormuzd Priester,

Nahm den Bogen, nahm die Pfeile,

Eilte zu des Felsen Gipfel,

Achtet nicht der schroffen Höhe,

Drunten nicht des Meeres Brausen,

Nimmt der Pfeile schärfsten, zielet

Hoch zum Mond, dem Herz der Nächte;

Schwirrend reißt ihn da die Senne

Seines Bogens hin zur Tiefe,

Sterbend büßt er sein Erkühnen. –

Mitleidsvoll ihm Mitra lächlet;

Aber gütig nimmt das Dunkel

Auf in seinem heil'gen Schooße

Freundlich den verirrten Kranken,

Daß im Arm der Mitternächte

Schweren Wahnsinns er genese.

Der Caucasus

Mir zu Häupten Wolken wandeln,

Mir zur Seite Luft verwehet,

Wellen mir den Fuß umspielen,

Thürmen sich und brausen, sinken. –

Meine Schläfe, Jahr' umgauklen,

Sommer, Frühling, Winter kamen,

Frühling mich nicht grün bekleidet,

Sommer hat mich nicht entzündet,

Winter nicht mein Haupt gewandelt.

Hoch mein Gipfel über Wolken

Eingetaucht im ew'gen Äther

Freuet sich des steten Lebens.

Orphisches Lied

Höre mich Phoibos Apoll! Du, der auf bläuligem Bogen

Siegreich schreitet herauf an wölbichter Feste des Himmels,

Spendend die heilige Helle der Wolkenerzeugenden Erde,

Leuchtend Okeanos hin zur Tiefe des felsichten Bettes,

Höre mich Liebling des Zeus! Sieh gnädig auf deinen Geweihten!

Sei im Gesang mir gewärtig, und lasse der goldenen Leyer

Saiten mir klingen, wie dir, wenn mit siegender Lippe du singest

Pythons des schrecklichen Fall dem Chore melodischer Musen,

Oder im Liede besingst ferntreffende Pfeile des Bogens,

Also, o Phoibos Apoll! laß von begeistertem Munde

Strömen mir wogende Rythmen des sinnebeherrschenden Wohllauts,

Daß sich der Wald mit beseele, die Dryas des Baumes mir lausche,

Schlängelnde Ströme mir folgen, und reißende Thiere unschädlich

Schmeichelnd zu mir sich gesellen. Vor allem Erzeugter Kronions!

Gieb des Gesanges herrschende Kraft, die drunten gewaltig

Äis den König bewege des Landes am stygischem Strome.

Lehre vergessene Schmerzen mich wecken im Busen der Göttin

Die ein zu strenges Gebot dem düsteren Herrscher vermählet,

Daß sie erbarmend sich zeige dem Schwestergeschick der Geliebten,

Wieder ihr gönne zu schaun des Tages sonnige Klarheit,

Deines unsterblichen Haupts fern leuchtende Strahlen, o Phoibos!

Überall Liebe

Kann ich im Herzen heiße Wünsche tragen?

Dabei des Lebens Blüthenkränze sehn,

Und unbekränzt daran vorüber gehn

Und muß ich traurend nicht in mir verzagen?

Soll frevelnd ich dem liebsten Wunsch entsagen?

Soll muthig ich zum Schattenreiche gehn?

Um andre Freuden andre Götter flehn,

Nach neuen Wonnen bei den Todten fragen?

Ich stieg hinab, doch auch in Plutons Reichen,

Im Schooß der Nächte, brennt der Liebe Glut

Daß sehnend Schatten sich zu Schatten neigen.

Verlohren ist wen Liebe nicht beglücket,

Und stieg er auch hinab zur styg'schen Flut,

Im Glanz der Himmel blieb er unentzücket.

Der Gefangene und der Sänger

Ich wallte mit leichtem und lustigem Sinn

Und singend am Kerker vorüber;

Da schallt aus der Tiefe, da schallt aus dem Thurm

Mir Stimme des Freundes herüber. –

»Ach Sänger! verweile, mich tröstet dein Lied,«

»Es steigt zum Gefangnen herunter,«

»Ihm macht es gesellig die einsame Zeit,«

»Das krankende Herz ihm gesunder.«

Ich horchte der Stimme, gehorchte ihr bald,

Zum Kerker hin wandt' ich die Schritte,

Gern sprach ich die freundlichsten Worte hinab,

Begegnete jeglicher Bitte.

Da war dem Gefangenen freier der Sinn,

Gesellig die einsamen Stunden. –

»Gern gäb ich dir Lieber! so rief er: die Hand,«

»Doch ist sie von Banden umwunden.«

»Gern käm' ich Geliebter! gern käm' ich herauf«

»Am Herzen dich treulich zu herzen;«

»Doch trennen mich Mauern und Riegel von dir,«

»O fühl' des Gefangenen Schmerzen.«

»Es ziehet mich mancherlei Sehnsucht zu dir;«

»Doch Ketten umfangen mein Leben,«

»Drum gehe mein Lieber und laß mich allein,«

»Ich Armer ich kann dir nichts geben.« –

Da ward mir so weich und so wehe ums Herz,

Ich konnte den Lieben nicht lassen.

Am Kerker nun lausch' ich von Frührothes Schein

Bis Abends die Farben erblassen.

Und harren dort werd' ich die Jahre hindurch,

Und sollt' ich drob selber erblassen.

Es ist mir so weich und so sehnend ums Herz

Ich kann den Geliebten nicht lassen.

Scandinavische Weissagungen

Erläuterungen

Odin ist der König der Scandinavischen Götter

Frigga, Odins Weib

Baldur, Odins und Frigga's Sohn, der schönste, beste und freundlichste
    der Götter

Notta, die Göttin der Nacht

Loke, der böse Gott der Scandinavier

Hela ist seine Tochter, und Herrscherin der Unterwelt

Ymer, der Vater der Riesen, das Erdelement

Nilfheim, die Unterwelt, das Nebelland

Der Gialstrom, der Styx der Scandinavier

Asgard, die Götterstadt

Warnende Träume

Ängsteten Baldur,

Baldur den Schönen,

Odins Erzeugten,

Liebling der Frigga.

Und zu des Vaters

Weisheit sich wendend

Forschete Baldur

Was ihn bedräue!

Aber der Große

Herrliche König

Wußte des Sohnes

Frage nicht Antwort,

Rief seiner Gattin;

Daß sie zum Eingang

Gehe der Erde,

Hieß sie der König.

Daß sie befrage

Dorten die Wole

Um die Geschicke

Baldur des guten

Freundlichen Gottes.

Frigga, wie Odin

Hatte geboten,

Eilte zur alten

Furchtbaren Seh'rin,

Nahm mit sich Fulla

Ihre Gespielin.

Und es verliesen

Frühe die Straßen

Asgards die Frauen;

Stiegen zur Tiefe

Drunten wo Notta

Zögernd noch weilte,

Wo aus der Mähne

Thauige Perlen

Schüttelt das Nachtroß;

Kamen zum Saume

Hin dann des Norden,

Wo mit dem Winter

Frühling nicht wechselt,

Sommer nicht wärmet,

Herbstliche Früchte

Reisend nicht schwellen.

Wo sich die feuchten

Nebel erzeugen,

Eisichte Regen,

Nächtliches Dunkel.

Dort war die Höle

Wo die Prophetin

Wohnt in der Tiefe.

Fulla.

Sag' mir, o Frigga

Wes ist die Höle,

Die so gewaltig

Odem hier holet,

32/71

Daß mich ihr Lufthauch

Zieht fast hinunter?

Frigga.

Wisse, der Eingang

Hier ist zum finstern

Reiche der Hela.

Schlangengleich windet

Krümmt sich die Höle

Neunmal den Tag lang

Hin bis zum Strome,

Neunmal die Nacht lang

Hin zum Gialstrom.

Über dem Strome

Wölbt sich die Brücke,

Welche die Todten

Führet nach Nilfheim.

Fulla.

Frigga! Du führst mich

Lebend zur Stelle

Wo seine Schleier

Hebet der Abgrund!

Nicht will ich schauen,

Augen voll Lichtes,

Dunkel von Nilfheim.

Nicht mag ich sehen

Kriege der Todten,

Schlachten der Schatten,

Luftigen Erzes

Blutlose Wunden.

Wahrlich verwirren

Mögt es die Sinne

Körperlos träumen,

Schauspiel der Schatten

Lebend zu sehen.

Frigga.

Odin mich sendet

Fragend zur Wole

Wegen des düstern

Traumes von Baldur.

Sie die Prophetin

Schauet die Zukunft,

Kennet was da ist,

Weis was gewesen.

Fulla.

Sag wer bedräuet

Selige Götter!

Wohnt nicht in Hallen

Schimmernder Säulen

Baldur gesichert?

Mächtig ist Baldur,

Trägt in der Linken

Glänzenden Goldes

Dreifache Speere.

Trägt in der Rechten

Drohend sein Schlachtschwert,

Welcher der Götter

Mag ihn verderben?

Frigga.

Nahet die Stunde,

Fallen auch Starke.

Viele der Lager

Stehen bereitet

Drunten in Nilfheim;

Gierig ist Hela,

Zählet die Gäste,

Hält sie in düstren

Burgen gefangen.

36/71

Fulla.

Müssen auch Götter

Wandeln nach Nilfheim?

Herrschet nicht Odin

Droben im Lichte,

Drunten im Dunkel?

Kann auch geschehen

Was er nicht wolle?

Frigga.

Mächtig sind Riesen

Nennen die Erde

Trotzig ihr Erbtheil.

Fulla.

Wer sind die Riesen

Welche der Götter

Erbe bestreiten?

Frigga.

Hör', was ich sage,

Rückwärts die Seele

Schauend gewendet.

Einst war der Mond nicht,

War nicht die Erde;

Feuer im Raume

Ewiglich brannte,

Drunten war Dunkel

Kälte und Nachtfrost.

Einstens das Feuer

Mischte dem Dunkel

Lebende Kräfte.

Mächtig erwuchs da

Ymer, ein Riese,

Welcher erzeugte

Viele der Riesen.

Uneins sie wurden,

Tödteten Ymer,

Daß er gewaltig

Rollt in die Tiefe,

Und aus dem Haupte

Wuchsen die Berge,

Und aus dem Odem

Wölbt sich der Luftkreis,

Und aus dem Leibe

Wurden die Ebnen.

Aber es kamen

Droben vom Lichte

Viele der Götter;

Odin sie führte;

Und es entzweiten

Schreckliche Kriege

Selige Götter,

Irdische Riesen.

Friede noch fern ist,

Denn zu den Feinden

Hat sich der böse

Loke gesellet,

Hat sich mit Riesen-

Töchtern vermählet,

Fenris den argen

Wolf so erzeuget,

Und die Verruchte

Schlange von Midgard,

Dann auch der Todten

Herrscherin, Hela.

Diese sind mächtig,

Trotzen mit gleichen

Kräften den Göttern,

Diese befürchtet

Odin für Baldur,

Darum zur Alles-

Seherin sendet

Odin mich nieder.

Fulla.

Siehe die fragende

Flamme entglühet,

Siehe, der Runnen

Zeichen sind fertig

Vielfach gemischet,

Wartend der Deutung.

Frigga.

Höre mich alte

Seherin! Wole!

Mitternachts Tochter!

Mutter der Zeiten!

Du, die mit Armen

Reichet zum Himmel!

Du, deren Fußtritt

Nilfheim erbebet!

Sage was dräuet

Baldur dem Schönen?

Sage was wollen

Ängstliche Träume

Warnend verkünden?

Fulla.

Lausche! sie schweiget,

Mächtiger rede,

Stärkre Beschwörung

Ruf ihr entgegen.

Blicke nach Norden,

Lege die Zeichen,

Schüre die Flamme.

Frigga.

Du! die du zählest

Treffende Pfeile

Wodans, im Köcher,

Eh' sein Geschoß noch

Scheidet vom Bogen,

Höre! Prophetin

Höre, mich höre!

Die Wole.

Bereit ist die Tafel,

Die Becher sind trübe

Der Wein ist wie Blut roth,

Die Gäste sind düster,

Sie schweigen und sehen

Begierig zur Thüre,

Denn einer der Stühle

Ist leer noch für Einen;

Des harren die Vielen,

Des zögernden Gastes;

Sie schweigen und sehen

Begierig zur Thüre.

Frigga.

Wem ist der leere

Plaz dort bereitet?

Wo ist die Tafel?

Wer sind die Gäste?

Die Wole.

Die Tafel ist drunten,

Vergangenheit nippet

Mit bleichem Gesichte

An kärglichen Bechern.

Frigga.

Seherin! wehe!

Wird aus dem Kranze

Asgards die Rose

Sinken zum Staube?

Knospe des Tages

Herrlicher Morgen!

Wirst du den Reigen

Fliehen der Stunden? –

Eins mir noch sage,

Welcher der Götter,

Welcher der Riesen

Dräuet dem Sohne?

Die Wole.

Der listige Loke

Der finsteren Tochter

Gesellet den Schönen.

Frigga.

Wehe mir! wehe!

Röthe, die erste,

Färben wird Helas

Düstere Mienen,

Wenn sie den schönen

Fremdling begrüßet. –

Wehe mir! wehe!

Werden ohnmächtig

Nimmer die Götter

Rächen der Frevel

An dem Geschlechte

Trotziger Riesen?

Nimmer erwürgen

Lokes Erzeugte?

Werden die Götter

Nie sich der Herrschaft

Dauernd erfreuen?

Dieses noch sage

Schweige dann immer.

Die Wole.

Erfahren du viel hast,

Verstummen nun gönne

Der Schweigen Gewöhnten.

Die Stirn ist Traum erfüllet

Die Wimper Schlaf bedürfend

Die Lippe Rede müde

Erfahren du viel hast,

Verstummen nun gönne

Der Schweigen Gewöhnten.

Frigga.

Wahrlich, den Schlummer

Würdest dem schweren

Auge entreiben,

Käm' er nur selber

Odin der starke

Herrliche König,

Kundige Rede

Dürftest nicht weigern.

Die Wole.

Es können nicht Götter

Bezwingen im Busen

Das feste uralte

Beständige Herz mir.

Frigga.

Sprüche wohl giebt es

Zahlen und Kreiße

Todten zu öffnen

Selber die Lippen;

Aber nicht herrisch

Will ich gebieten,

Flehend ich komme,

Odin der Starke

Bittet dich, rede!

Die Wole.

Vernimm denn o Frigga!

Nicht können sie dauern

Die Reiche des Zwistes.

Der mächtige Odin

Besiegen nicht konnte

In Fülle der Jugend

Die Stärke der Riesen,

Wird schwerere Kriege

Er ihnen bereiten,

Wann spätere Jahre

Ihn selber besieget?

Zwar Ymer ist todt längst,

Doch lebt ihm im tiefen

Versteinerten Herzen

Der Groll gegen Götter,

Er lebt in den Kindern

Den irdischen Riesen.

Der listige Loke

Hat göttliche Kräfte

Den ihren vermählet,

Des freuet sich Ymer,

Ergözt sich der Siege

Der Enkelin Hela,

Sie spottet im Abgrund

Vergänglicher Herrschaft

Gewaltiger Götter.

Frigga.

Jammervoll Schicksal!

Rauben wird Hela

Sieghaft den schönen

Göttlichen Sohn mir?

Die Wole.

Die Klage verspare

Dem größeren Weh noch.

Es nahet die Stunde,

Ich sehe sie kommen,

An nächtlichem Schauer

Erkranket der Morgen,

Erbleicht vor Entsetzen;

Das siegende Dunkel

Verdränget den Mittag.

Da rufet der Wächter

Des Himmels zum Kampfe,

Die Götter von Asgard,

Denn Söhne des Feuers

In kriegrischen Reihen

Verderbend bedrohen

Die Sitze der Götter;

Und Loke gesellet

Sich Feinden der Götter;

Es sprenget die Ketten

Der schreckliche Wolf auch;

Es kommen die Riesen

Der Berge gezogen.

Da Odin erkennet

Die Stunde des Falles

In ahndender Seele.

Dem Wolfe erlieget

Der herrliche König.

Der Himmel erbebet

Es berstet die Erde;

Der hungrige Abgrund

Eröffnet die Lippen,

Verschlinget die irren

Vermischeten Räume,

Verschlinget das Feuer

Und Dunkel und Kälte,

Gedanken und Zeiten

Und Himmel und Götter

In daurender Dämm'rung.

Briefe zweier Freunde

An Eusebio

Vergib, o Freund! daß ich mit kind'scher Sprache,

Aus deines Herzens tiefem Heiligthume,

Akkorde leise nachzulallen wage,

Beim Höchsten aber schülerhaft verstumme.

Und reden möcht' ich doch zu deinem Ruhme,

Vergib der Kühnheit, daß ich nicht verzage.

Den Sommer mein' ich mit der Einen Blume,

Und Einen Strahl entwand ich nur dem Tage.

Doch die Natur in ihrer heil'gen Fülle

Sie offenbart sich ganz in jedem Handeln,

Das höchste Leben in der tiefsten Stille.

Erhascht' ich einen Zug aus deinem Bilde,

Wie reichlich auch Gedanken in dir wandeln,

So bist du's ganz in deiner frommen Milde.

An Eusebio

Mit Freude denk ich oft zurück an den Tag, an welchem wir uns zuerst fanden, als ich dir mit einer ehrfurchtsvollen Verlegenheit entgegentrat wie ein lehrbegieriger Laye dem Hohenpriester. Ich hatte es mir vorgesetzt, dir wo möglich zu gefallen, und das Bewustseyn meines eig'nen Werthes wäre mir in seinen Grundfesten erschüttert worden, hättest du dich gleichgültig von mir abgewendet; wie es mir aber gelang, dich mit solchem Maaße für mich zu gewinnen, begreife ich noch nicht; mein eigner Geist muß bei jener Unterredung zwiefach über mir gewesen seyn. Mit ihr ist mir ein neues Leben aufgegangen, denn erst in dir habe ich jene wahrhafte Erhebung zu den höchsten Anschauungen, in welchen alles Weltliche als ein wesenloser Traum verschwindet, als einen herrschenden Zustand gefunden; in dir haben mir die höchsten Ideen auch eine irrdische Realität erlangt. Wir andern Sterblichen müssen erst fasten und uns leiblich und geistig zubereiten, wenn wir zum Mahle des Herrn gehen wollen, du empfängst den Gott täglich ohne diese Anstalten.

Mir, o Freund! sind die himmlischen Mächte nicht so günstig, und oft bin ich mißmuthig, und weis nicht über wen ich es am meisten seyn soll, ob über mich selbst, oder über diese Zeit, denn auch sie ist arm an begeisternden Anschauungen für den Künstler jeder Art; alles Große und Gewaltige hat sich an eine unendliche Masse, unter der es beinah verschwindet, ausgetheilt. Unselige Gerechtigkeit des Schicksals! damit Keiner prasse und Keiner hungere, müssen wir uns alle in nüchterner Dürftigkeit behelfen. Ist es da auch noch ein Wunder, wenn die Ökonomie in jedem Sinn und in allen Dingen zu einer so beträchtlichen Tugend herangewachsen ist. Diese Erbärmlichkeit des Lebens, laß es uns gestehen, ist mit dem Protestantismus aufgekommen. Sie werden alle zum Kelch hinzugelassen, die Layen wie die Geweihten, darum kann Niemand genugsam trinken um des Gottes voll zu werden, der Tropfen aber ist Keinem genug; da wissen sie denn nicht was ihnen fehlt, und gerathen in ein Disputiren und Protestiren darüber. – Doch was sage ich dir das! angeschaut im Fremden hast du diese Zeitübel wohl schon oft, aber sie können dich nicht so berühren, da du sie nur als Gegensaz mit deiner eigensten Natur sehen kannst, und kein Gegensaz durch sie in dich selbst gekommen ist. Genug also von dem aufgeblasenen Jahrhundert, an dessen Thorheiten noch ferne Zeiten erkranken werden. Rückwärts in schönre Tage laß uns blicken, die gewesen. Vielleicht sind wir eben jetzt auf einer Bildungsstufe angelangt, wo unser höchstes und würdigstes Bestreben sich dahin richten sollte, die großen Kunstmeister der Vorwelt zu verstehen, und mit dem Reichthum und der Fülle ihrer pöesiereichen Darstellungen unser dürftiges Leben zu befruchten. Denn, abgeschlossen sind wir durch enge Verhältnisse von der Natur, durch engere Begriffe vom wahren Lebensgenuß, durch unsere Staatsformen von aller Thätigkeit im Großen. So fest umschlossen ringsum, bleibt uns nur übrig den Blick hinauf zu richten zum Himmel, oder brütend in uns selbst zu wenden. Sind nicht beinahe alle Arten der neuern Pöesie durch diese unsere Stellung bestimmt? Liniengestalten entweder, die körperlos hinaufstreben im unendlichen Raum zu zerfließen, oder bleiche, lichtscheue Erdgeister, die wir grübelnd aus der Tiefe unsers Wesens herauf beschwören; aber nirgends kräftige, markige Gestalten. Der Höhe dürfen wir uns rühmen und der Tiefe, aber behagliche Ausdehnung fehlt uns durchaus. Wie Shakespeare's Julius Cäsar möcht' ich rufen: »Bringt fette Leute zu mir, und die ruhig schlafen, ich fürchte diesen hagern Cassius.« – Da ich nun selbst nicht über die Schranken meiner Zeit hinaus reiche, dünkt es dir nicht besser für mich, den Weg eigner pöetischer Produktion zu verlassen, und ein ernsthaftes Studium der Pöeten der Vorzeit und besonders des Mittelalters zu beginnen? Ich weis zwar, daß es mir Mühe kosten wird, ich werde gleichsam einen Zweig aus meiner Natur herausschneiden müssen, denn ich schaue mich am fröhlichsten in einem Produkt meines Geistes an, und habe nur wahrhaftes Bewustseyn durch dieses Hervorgebrachte; aber um Etwas desto gewisser zu gewinnen, muß man stets ein Anderes aufgeben, das ist ein allgemeines Schicksal, und es soll mich nicht erschrecken. Eins aber hat mir stets das innerste Gemüth schmerzlich angegriffen, es ist dies: daß hinter jedem Gipfel sich der Abhang verbirgt; dieser Gedanke macht mir die Freude bleich in ihrer frischesten Jugend, und mischt in all mein Leben eine unnennbare Wehmuth; darum erfreut mich jeder Anfang mehr als das Vollendete, und nichts berührt mich so tief als das Abendroth; mit ihm möcht' ich jeden Abend versinken in der gleichen Nacht, um nicht sein Verlöschen zu überleben. Glückliche! denen vergönnt ist zu sterben in der Blüthe der Freude, die aufstehen dürfen vom Mahle des Lebens, ehe die Kerzen bleich werden und der Wein sparsamer perlt. Eusebio! wenn mir auch dereinst das freundliche Licht deines Lebens erlöschen sollte, o! dann nimm mich gütig mit, wie der göttliche Pollux den sterblichen Bruder, und laß mich gemeinsam mit dir in den Orkus gehen und mit dir zu den unsterblichen Göttern, denn nicht möcht' ich leben ohne dich, der du meiner Gedanken und Empfindungen liebster Inhalt bist, um den sich alle Formen und Blüthen meines Seyns herumwinden, wie das labyrintische Geäder um das Herz, das sie all' erfüllt und durchglüht.

– Gestalt hat nur für uns, was wir überschauen können; von dieser Zeit aber sind wir umpfangen, wie Embryonen von dem Leibe der Mutter, was können wir also von ihr Bedeutendes sagen? Wir sehen einzelne Symptome, hören Einen Pulsschlag des Jahrhunderts, und wollen daraus schließen, es sey erkrankt. Eben diese uns bedenklich scheinenden Anzeigen gehören vielleicht zu der individuellen Gesundheit dieser Zeit. Jede Individualität aber ist ein Abgrund von Abweichungen, eine Nacht, die nur sparsam von dem Licht allgemeiner Begriffe erleuchtet wird. Darum Freund! weil wir nur wenige Züge von dem unermeßlichen Teppich sehen, an welchem der Erdgeist die Zeiten hindurch webt, darum laß uns bescheiden seyn. Es gibt eine Ergebung, in der allein Seligkeit und Vollkommenheit und Friede ist, eine Art der Betrachtung, welche ich Auflösung im Göttlichen nennen möchte; dahin zu kommen laß uns trachten, und nicht klagen um die Schicksale des Universums. Damit du aber deutlicher siehst, was ich damit meine, so sende ich dir hiermit einige Bücher über die Religion der Hindu. Die Wunder uralter Weisheit, in geheimnißvollen Symbolen niedergelegt, werden dein Gemüth berühren, es wird Augenblicke geben, in welchen du dich entkleidet fühlst von dieser persönlichen Einzelheit und Armuth, und wieder hingegeben dem großen Ganzen; wo du es mehr als nur denkst, daß alles was jetzt Sonne und Mond ist, und Blume und Edelstein, und Äther und Meer, ein Einziges ist, ein Heiliges, das in seinen Tiefen ruht ohne Aufhören, selig in sich selbst, sich selbst ewig umpfangend, ohne Wunsch nach dem Thun und Leiden der Zweiheit, die seine Oberfläche bewegt. In solchen Augenblicken, wo wir uns nicht mehr besinnen können, weil das, was das einzle und irrdische Bewustseyn weckt, dem äußern Sinn verschwunden ist unter der Herrschaft der Betrachtung de Innern; in solchen Augenblicken versteh' ich den Tod, der Religion Geheimniß, das Opfer des Sohnes und der Liebe unendliches Sehnen. Ist es nicht ein Winken der Natur, aus der Einzelheit in die gemeinschaftliche Allheit zurück zu kehren, zu lassen das getheilte Leben, in welchem die Wesen Etwas für sich seyn wollen und doch nicht können? Ich erblicke die rechte Verdammniß in dem selbstsüchtigen Stolz, der nicht ruhen konnte in dem Schooß des Ewigen, sondern ihn verlassend seine Armuth und Blöße decken wollte mit der Mannigfaltigkeit der Gestalten, und Baum wurde und Stein und Metall und Thier und der begehrliche Mensch.

Ja, auch das o Freund! was sie alle nicht ohne Murren und Zweifeln betrachten mögen; das trübere Alter, ich verstehe seinen höheren Sinn jetzt. Entwicklen soll sich im Lauf der Jahre das persönliche Leben, sich ergötzen im *für sich seyn,* seinen Triumpf feiern in der Blüthe der Jugend; aber absterben sollen wir im Alter dieser Einzelheit, darum schwinden die Sinne, bleicher wird das Gedächtniß, schwächer die Begierde, und des Daseyns fröhlicher Muth trübt sich in Ahndungen der nahen Auflösung. – Es sind die äußeren Sinne, die uns mannigfaltige Grade unsers Gegensatzes mit der fremden Welt deutlich machen, wenn aber die Scheidewand der Persönlichkeit zerfällt, mögen sie immerhin erlöschen; denn es bedarf des Auges nicht, unser Inneres und was mit ihm Eins ist zu schauen; auch ohne Ohr können wir die Melodie des ewigen Geistes vernehmen; und das Gedächtniß ist für die Vergangenheit, es ist das Organ des Wissens von uns selbst im Wechsel der Zeiten. Wo aber nicht Zeit ist, nicht Vergangnes noch Künftiges, sondern ewige Gegenwart, da bedarfs der Erinnerung nicht. Was uns also abstirbt im Alter ist die Vollkommenheit unsers Verhältnisses zur Aussenwelt; *abgelebt* mögen also die wohl im Alter zu nennen seyn, die von nichts wusten als diesem Verhältniß. – So fürchte ich höhere Jahre nicht, und der Tod ist mir willkommen; und zu dieser Ruhe der Betrachtung in allen Dingen zu gelangen, sey das Ziel unseres Strebens. – Deutlich liegt deine Bahn vor mir, Geliebtester! denn erkannt habe ich dich vom ersten Augenblick unserer Annäherung, die, das Bewußtseyn wird mir immer bleiben, von Gott gefügt war; nie habe ich so das Angesicht eines Menschen zum erstenmal angesehen, nie solch Gefühl bei einer menschlichen Stimme gehabt; und dies Göttliche und Nothwendige ist mir immer geblieben im Gedanken an dich; und so weis ich auch was nothwendig ist in dir und für dich, und wie du ganz solltest leben in der Natur, der Pöesie und einer göttlichen Weisheit. Ich weiß, daß es *dir* nicht geziemt dir so ängstliche Studien vorzuschreiben. Die großen Kunstmeister der Vorwelt sind freilich da, um gelesen und verstanden zu werden, aber, wenn von Kunst-*Schulen* die Frage ist, so sage ich, sie sind *da gewesen* jene Meister, eben deswegen sollen sie nicht noch einmal wiedergeboren werden; die unendliche Natur will sich stets neu offenbaren in der unendlichen Zeit. In der Fülle der Jahrhunderte ist Brahma oftmals erschienen, aber in immer neuen Verwandlungen; dieselbe Gestalt hat er nie wieder gewählt. So thue und dichte doch Jeder das wozu er berufen ist, wozu der Geist ihn treibt, und versage sich keinen Gesang als den mißklingenden. Doch zag' ich im Ernste nicht für dich, die sterbende Kraft wird den, welchen sie bewohnt, nicht ruhen lassen; es wird ihm oft wehe und bange werden ums Herz, bis die neugeborne Idee gestillet hat des Gebährens Schmerz und Sehnsucht.

Gestern lebte ich ein paar selige Stunden recht über der Erde, ich hatte einen Berg erstiegen, an dessen Umgebungen jede Spur menschlichen Anbaus zu Zweck und Nutzen verschwand; es ward mir wohl und heiter. Zwei herrliche Reiher schwebend über mir badeten ihre sorgenfreie Brust in blauer Himmelsluft. Ach! wer doch auch schon so dem Himmel angehörte, dachte ich da; und klein schien mir alles Irrdische. In solchen Augenblicken behält nur das Ewige Werth, der schaffende Genius und das heilige Gemüth; da dacht' ich dein, wie immer, wenn die Natur mich berührt; oft gab ich dem Flusse, wenn der Sonne letzte Strahlen ihn erhellen, Gedanken an dich mit, als würden seine Wellen sie zu dir tragen und dein Haupt umspielen. Leb wohl, in meinen besten Stunden bin ich stets bei dir. –

An Eusebio

Eine der größten Epochen meines kleinen Lebens ist vorübergegangen
Eusebio! ich habe auf dem Scheidepunkt gestanden zwischen Leben
und Tod. Was sträubt sich doch der Mensch: sagte ich in jenen
Augenblicken zu mir selbst, vor dem Sterben? ich freue mich auf jede
Nacht indem ich das Unbewustseyn und dunkele Träumen dem hellern
Leben vorziehe, warum grauet mir doch vor der langen Nacht und dem
tiefen Schlummer? Welche Thaten warten noch meiner, oder welche
bessere Erkenntniß auf Erden daß ich länger leben müßte? – Eine
Nothwendigkeit gebiert und alle in die Persönlichkeit, eine
gemeinsame Nacht verschlinget uns alle. Jahre werden mir keine
bessere Weisheit geben, und wann Lernen, Thun und Leiden drunten
noch Noth thut, wird ein Gott mir geben was ich bedarf. So sprach ich
mir selbst zu, aber die Gedanken, die ich liebe, traten zu mir, und die
Heröen die ich angebetet hatte von Jugend auf: »Was willst du am
hohen Mittage die Nacht ersehnen? riefen sie mir zu! Warum
untertauchen in dem alten Meer, und darinn zerrinnen mit Allem was
dir lieb ist? So wechselten die Vorstellungen in mir, und deiner gedacht
ich, und immer deiner, und fast alles Andre nur in Bezug auf dich, und
wenn anders den Sterblichen vergönnt ist noch eines ihrer Güter aus
dem Schiffbruch des irrdischen Lebens zu retten, so hätte ich gewis
dein Andenken mit hinab genommen zu den Schatten. Daß du mir aber
könntest verlohren seyn war der Gedanken schmerzlichster. Ich sagte
daß dein Ich und das Meine sollten aufgelößt werden in die alten
Urstoffe der Welt, dann tröstete ich mich wieder, daß unsere

befreundete Elemente, dem Gesetze der Anziehung gehorchend, sich selbst im unendlichen Raum aufsuchen und zu einander gesellen würden. So wogten Hoffnung und Zweifel auf und nieder in meiner Seele, und Muth und Zagheit. Doch das Schicksal wollte – ich lebe noch. – Aber was ist es doch, das Leben? dieses schon aufgegebene, wiedererlangte Gut! so frag' ich mich oft: was bedeutet es, daß aus der Allheit der Natur ein Wesen sich mit solchem Bewustseyn losscheidet, und sich abgerissen von ihr fühlt? Warum hängt der Mensch mit solcher Stärke an Gedanken und Meinungen, als seyen sie das Ewige? warum kann er sterben für sie, da doch für ihn eben dieser Gedanke mit seinem Tode verlohren ist? und warum, wenn gleichwohl diese Gedanken und Begriffe dahin sterben mit den Individuen, warum werden sie von denselben immer wieder aufs neue hervorgebracht und drängen sich so durch die Reihen des aufeinander folgenden Geschlechtes zu einer Unsterblichkeit in der Zeit? Lange wust' ich diesen Fragen nicht Antwort, und sie verwirrten mich; da war mir plötzlich in einer Offenbarung Alles deutlich, und wird es mir ewig bleiben. Zwar weiß ich, das Leben ist nur das Produkt der innigsten Berührung und Anziehung der Elemente; weiß, daß alle seine Blüthen und Blätter, die wir Gedanken und Empfindungen nennen, verwelken müssen, wenn jene Berührung aufgelößt wird; und daß das einzele Leben dem Gesetz der Sterblichkeit dahin gegeben ist; aber so gewiß mir Dieses ist, eben so über allem Zweifel ist mir auch das Andre, die Unsterblichkeit des Lebens im Ganzen; denn dieses Ganze ist eben das Leben, und es wogt auf und nieder in seinen Gliedern den Elementen, und was es auch sey, das durch Auflösung (die wir zuweilen Tod nennen) zu denselben zurück gegangen ist, das vermischt sich mit ihnen nach Gesetzen der Verwandschaft, d.h. das Ähnliche zu dem Ähnlichen. Aber anders sind diese Elemente geworden, nachdem sie einmal im Organismus zum Leben hinauf getrieben gewesen, sie sind lebendiger geworden, wie Zwei, die sich in langem Kampf übten, stärker sind wenn er geendet hat als ehe sie kämpften; so die Elemente, denn sie sind lebendig, und jede lebendige Kraft stärkt sich durch Übung. Wenn sie also zurückkehren zur Erde, vermehren sie das Erdleben. Die Erde aber gebiert den ihr zurückgegebenen Lebensstoff in andern Erscheinungen wieder, bis durch immer neue Verwandlungen, alles Lebensfähige in ihr ist lebendig geworden. Dies wäre, wenn alle Massen organisch würden. –

So gibt jeder Sterbende der Erde ein erhöhteres, entwickelteres Elementarleben zurück, welches sie in aufsteigenden Formen fortbildet; und der Organismus, indem er immer entwickeltere Elemente in sich aufnimmt, muß dadurch immer vollkommener und allgemeiner werden. So wird die Allheit lebendig durch den Untergang der Einzelheit, und die Einzelheit lebt unsterblich fort in der Allheit, deren Leben sie lebend entwickelte, und nach dem Tode selbst erhöht und mehrt, und so durch Leben und Sterben die Idee der Erde realisiren hilft. Wie also auch meine Elemente zerstreut werden mögen, wenn sie sich zu schon Lebendem gesellen, werden sie es erhöhen, wenn zu dem, dessen Leben noch dem Tode gleicht, so werden sie es beseelen. Und wie mir däucht, Eusebio! so entspricht die Idee der Indier von der Seelenwanderung dieser Meinung; nur dann erst dürfen die Elemente nicht mehr wandern und suchen, wann die Erde die ihr angemessene Existenz, die organische, durchgehends erlangt hat. Alle bis jetzt hervorgebrachten Formen müssen aber wohl dem Erdgeist nicht genügen, weil er sie immer wieder zerbricht und neue sucht; die ihm ganz gleichen würde er nicht zerstören können, eben weil sie ihm gleich und von ihm untrennbar wären. Diese vollkommenne Gleichheit des innern Wesens mit der Form kann, wie mir scheint, überhaupt nicht in der Mannigfaltigkeit der Formen erreicht werden; das Erdwesen ist nur Eines, so dürfte also seine Form auch nur Eine, nicht verschiedenartig seyn; und ihr eigentliches wahres Daseyn würde die Erde erst dann erlangen, wann sich alle ihre Erscheinungen in einem gemeinschaftlichen Organismus auflößen würden; wann Geist und Körper sich so durchdrängen daß alle Körper, alle Form auch zugleich Gedanken und Seele wäre und aller Gedanke zugleich Form und Leib und ein wahrhaft verklärter Leib, ohne Fehl und Krankheit und unsterblich; also ganz verschieden von dem was wir Leib oder Materie nennen, indem wir ihm Vergänglichkeit, Krankheit, Trägheit und Mangelhaftigkeit beilegen, denn diese Art von Leib ist gleichsam nur ein mißglückter Versuch jenen unsterblichen göttlichen Leib hervorzubringen. – Ob es der Erde gelingen wird sich so unsterblich zu organisieren, weis ich nicht. Es kann in ihren Urelementen ein Misverhältniß von Wesen und Form seyn das sie immer daran hindert; und vielleicht gehört die Totalität unsers Sonnensystems dazu um dieses Gleichgewicht zu stand zu bringen; vielleicht reicht dieses wiederum nicht zu, und es ist eine Aufgabe für das gesammte Universum.

In dieser Betrachtungsweise Eusebio! ist mir nun auch deutlich geworden was die großen Gedanken von Wahrheit, Gerechtigkeit, Tugend, Liebe und Schönheit wollen, die auf dem Boden der Persönlichkeit keimen und ihn bald überwachsend sich hinaufziehen nach dem freien Himmel, ein unsterbliches Gewächs das nicht untergehet mit dem Boden auf dem es sich entwickelte, sondern immer neu sich erzeugt im neuen Individuum, denn es ist das Bleibende, Ewige, das Individuum aber das zerbrechliche Gefäß für den Trank der Unsterblichkeit. – Denn, laß es uns genauer betrachten Eusebio, alle Tugenden und Trefflichkeiten sind sie nicht Annäherungen zu jenem höchst vollkommnen Zustand so viel die Einzelheit sich ihm nähern kann? Die Wahrheit ist doch nur der Ausdruck des sich selbst gleichseyns überhaupt, vollkommen wahr ist also nur das Ewige, das keinem Wechsel der Zeiten und Zustände unterworfen ist. Die Gerechtigkeit ist das Streben in der Vereinzelung unter einander gleich zu seyn. Die Schönheit ist der äußere Ausdruck des erreichten Gleichgewichtes mit sich selbst. Die Liebe ist die Versöhnung der Persönlichkeit mit der Allheit, und die Tugend aller Art ist nur Eine, d.h. ein Vergessen der Persönlichkeit und Einzelheit für die Allheit. Durch Liebe und Tugend also wird schon hier auf eine geistige Weise der Zustand der Auflösung der Vielheit in der Einheit vorbereitet, denn wo Liebe ist, da ist nur Ein Sinn, und wo Tugend, ist einerlei Streben nach Thaten der Gerechtigkeit, Güte und Eintracht. Was aber sich selbst gleich ist, und äußerlich und innerlich den Ausdruck dieses harmonischen Seyns an sich trägt, und selbst dieser Ausdruck ist, was Eins ist und nicht zerrissen in Vielheit, das ist gerade jenes Vollkommene, Unsterbliche und Unwandelbare, jener Organismus, den ich als das Ziel der Natur, der Geschichte und der Zeiten, kurz des Universums betrachte. Durch jede That der Unwahrheit, Ungerechtigkeit und Selbstsucht wird jener selige Zustand entfernt, und der Gott der Erde in neue Fesseln geschlagen, der seine Sehnsucht

nach besserem Leben in jedem Gemüth durch Empfänglichkeit für das
Trefliche ausspricht, im verlezten Gewissen aber klagt, daß sein seliges,
göttliches Leben noch fern sei.

Valorich

Wohl ein sehr gros und mächtig Land hatt' sich erobert, mit kühnen und männlichen Thaten, Ermanerich, der ist gewest ein König über die Ostgothen; doch hätt' er das nicht vollbracht ohne Zuthun seines Schwertes Siegheim, das war gar ein gut Schwert, das Ermanerich immerdar höchlich ehrte. Wie aber die Hunnen gezogen kamen mit mehr denn viel tausend rüstigen Kriegern und Ermanerichs Königreich eroberten, fiel das gut Schwert Siegheim, nachdem es vielerlei Schicksal gehabt, in die Hand von Fiediger. Dieser war ein Enkel Ermanerichs, und nit wenig freut ihn der Degen, denn er wust sein Tugend wohl. Doch was wollts ihm helfen, das Volk der Gothen war zerstreut hie hin und dort hin, von Illyrien an bis zum Nordmeer und viel Stämme hatten sich erwählt eigne König' aus ihnen selber, andre dienten fremden Kriegsfürsten um schnödes Gold. Als Fiediger dies bei sich selbst bedacht, macht es ihn fast traurig. Da rief er sein jüngern Bruder Valorich und sprach zu ihm: Wißt Bruder, ich hab ein gut Abendtheuer bestanden, daß ich eins fährlichern Kampfs werth acht, denn seht! gewonnen hab ich dies alt Schwert, das unser Vater so fleisiglich suchte sein Lebenlang, aber es geziemt dem Schwert ein mächtigerer Herre, denn ich bin, und so ich ein Flüchtling soll bleiben, der kein Erb hat noch Gut, noch größer Ehr denn bis itzo, so möcht ich mich fast des Fundes schämen. Das verhüt der Himmel! entgegnet Valorich, daß wir uns schämen sollten unsers Erbguts, oder uns geringer achten als unser Ahnherrn; was Einer noch gethan hat, und wär's auch fast schwer, so gedenk ich nit an kühnlichem Wesen hinter ihm zu bleiben. Weil ihr aber der älst seyd, Bruder, so sucht euch aus das unserer nit unwürdig sey, und ich will euch dienen und es euch erwerben helfen, das bin ich festiglich gesinnt.

Wie sie noch so mit einander redeten, kam des Wegs ein junger Gesell gegangen, der trug ein Harpfen in der Hand, wie die Spielleut pflegen, er grüßt sie freundlich und setzt sich zu ihnen nieder. Als er mocht geruht haben sagt Valorich: »Ich bitt euch Herr Spielmann, wenn's euch nit entgegen ist, so singt mir ein Lied, denn ich liebe der Harpfen und Cittern lustig Weisen.«

Ich will es thun, sagt der Liedersinger, und mein bestes Lied euch spielen, weil ihr mir so ehrlich zusprecht. Und nun nahm er die fein Harpfen von Elfenbein und schlug in die Saiten und sang dazu.

Zwei Augen wie Sterne

Die sähen so gerne

Das wonnige Licht,

Und dürfen es nicht;

Die hellen Karfunkeln

Die könnten verdunklen

Das sonnige Licht,

Und dürfen es nicht.

O Liebesverlangen!

In Kerker gefangen,

Sind die Augen so minniglich,

Die Lippen so wonniglich,

Die Worte die milden,

Die Locken so gülden,

Es bricht mir das Herz

Vor Leidmuth und Schmerz.

Ich sehe bis an den Tod

Die Lippen rosinroth

Und sollt ich nimmer genesen,

Dächt ich doch an ihr minniglich Wesen,

An ihr Blicken so mild,

An das schönste Frauenbild,

Und sollt ich Schmach und Tod erwerben

Das Mägdlein minnt ich und sollt ich sterben.

Das ist ein gar jämmerlich und herzig Lied, sagt Valorich, wo lebt die schöne Magd, von der ihr gesungen? oder habt ihr sie nur in Gedanken gehabt wie die Liedersinger wohl pflegen.

Mit nichten, entgegnet der Spielmann; wenns euch gefällt auf mich zu achten will ich euch nit verhalten was ich von dem Jungfräulein weis. Sigismunda ist sie benannt, und ihr Vater ist gewest Herr Sigemar, ein König der Bojaren, die herum wohnen an dem Strom

Danubis, Frau Irmengard ihre Mutter ist bald verblichen, und hat ihren Ehherrn allein gelassen und ihr unmündig Kind Sigismunda. Wie die aber heranwuchs, gediehe sie in so wunderlicher Schönheit, daß sie jedermänniglich höchlich ergötzte, und wer sie einmal gesehn der mocht nimmer von ihr scheiden; so gar anmuthig war sie. Derhalben kamen auch viel Fürsten und Herrn weit und Breit her, und freiten um die königliche Magd Sigismunda, aber Herr Sigemar mocht sie nit von sich lassen, denn er war ihr gar mächtig zugethan. Einsmals mußt er einen Kriegsritt thun in ferne Land. Da war sein Tochter fast mißmuthig, und konnt ihn nit lassen vor großem Leid; auch Sigemar war mehr betrübt wie oft, und er gedacht im Herzen, er hätt wohl ehr sollen ein wackren Eheherrn erkiesen für sein Kind, der ihr Obacht nähm in fährlichen Zeiten. Er rief deshalb sein Bruder Odho, und sprach zu ihm: »Odho ich laß' mein Tochter in eurer Gewahrsam, und wann ich nit sollt wieder heim ziehn, so gebt ihr einen Gemahel wie sie will und ihr geziemt.« Das versprach Odho mit sein Handschlag, und Sigemar zog beschwichtigt von dannen. Da war Sigismunda lang viel betrübt bis ihr Botschaft käm, und oftmals stand sie auf dem Söller, und sah um nach der Heerstraß, und einsmals sah sie etzliche Reuter des Wegs sprengen. Sie stieg hurtig hinab in den Hof zu erkunden von wannen die Reuter kämen, da trat ihr Herman entgegen Herr Sigemars Edelknecht, und bracht ihr Botschaft mit vielen Thränen, wie der König verschieden sey in der Schlacht. Da ward die Jungfrau unmächtig, und da sie erwacht konnt sie von Thränen und Seufzen kein End finden. Aber Odho war froh in seim Sinn, er vermeint die Jungfrau zu gewinnen, denn ihre übermäßige Schönheit thät ihm das Herz gänzlich bestricken, und er wußt sich kein Rath, als sie zu ehlichen. Derhalben ging er viel zu ihr und wollt sie beschwichtigen mit ehrlichen und herzigen Reden; aber sie mogt ihn nit gern hören, und antwort spärlich auf sein Kosen. Das verdroß ihn, denn er war hohen Sinns und stolzirend, und als er eins-

(Weiter ward nichts gedruckt.)